(N° 267)

Collection LOUIS VALENTIN

(TROISIÈME PARTIE)

N° 55 du Catalogue.

ESTAMPES

DU

XVIIIe SIÈCLE

Me F. LAIR-DUBREUIL

M. LOYS DELTEIL

CATALOGUE

DES

ESTAMPES

DU

XVIIIe SIÈCLE

formant

la 3e partie de la Collection LOUIS VALENTIN

N° 104 du Catalogue.

Dont la vente aura lieu

à Paris,

HOTEL DROUOT, Salles N° 7 et 8 réunies

Les Lundi 6 et Mardi 7 Mai 1912

à 2 heures précises

Par le Ministère de Me F. LAIR-DUBREUIL

COMMISSAIRE-PRISEUR

6, Rue Favart, 6

Assisté de M. LOYS DELTEIL, Graveur et Expert

2, Rue des Beaux-Arts

CONDITIONS DE LA VENTE

Elle sera faite au comptant.

Les adjudicataires paieront *dix pour cent* en sus des enchères.

M. Loys Delteil remplira les commissions que voudront bien lui confier les amateurs ne pouvant y assister.

EXPOSITIONS :

Chez l'Expert, 2, rue des Beaux-Arts, les Mercredi 1er, Jeudi 2 et Vendredi 3 Mai 1912, de 2 heures à 5 heures.

A l'Hôtel Drouot, Salles 7 et 8 réunies : *particulière*, le Samedi 4 Mai 1912, de 2 heures à 6 heures; *publique*, le Dimanche 5 Mai 1912, de 2 heures à 6 heures.

(Entrée par la rue Grange-Batelière)

ORDRE DES VACATIONS

Lundi 6 Mai . . . . Nos 1 à 178

Mardi 7 Mai . . . . Nos 179 à la fin.

N° 86 du Catalogue.

DÉSIGNATION

AUBRY (d'après Etienne)

1. L'Abus de la crédulité, par N. De Launay. Deux belles épreuves (une *avant* toute lettre et *avant* les armes).

2. L'Heureuse nouvelle, par Simonet. Deux très belles épreuves, une à *l'état d'eau-forte*, la seconde *avant la lettre*.

BAUDOUIN (d'après P. A.)

3. Les Amours champêtres, par Choffard (E. B. 7). Très belle épreuve.

4. La même estampe. Belle épreuve.

5. Les Amants surpris, par Choffard (8). Belle épreuve.

6. Annette et Lubin, par Ponce (9). Superbe épreuve.

7. Le Carquois épuisé, par N. De Launay (11). Epreuve du 1er état *à l'eau-forte pure* (petites restaurations).

8. La même estampe. Bonne épreuve.

9. Le Catéchisme — Le Confessionnal (12 et 15). Deux pl., par P. E. Moitte, se faisant pendants. Belles épreuves *avant la lettre*, la seconde même *avant* les noms des artistes.

10. Les Cerises, par Ponce (13). Belle épreuve.

11. Le Chemin de la Fortune, par Voyez l'aîné (14). Belle épreuve.

12. Le Danger du tête-à-tête, par Simonet (10). Très belle épreuve.

13. L'Epouse indiscrète, par N. De Launay (21). Très belle épreuve.

14. Le Fruit de l'Amour Secret, par Voyez le jeune (23). Belle épreuve.

15. Les Heures du Jour, par E. De Ghendt (32, 33, 35 et 46). Suite de 4 pl. Très belles épreuves.

16. Le Jardinier galant, par Helman (25). Très belle et très rare épreuve, *à l'état d'eau-forte*.

17. La même estampe. Superbe épreuve.

18. Jusques dans la moindre chose, par Masquelier (27). Très belle et très rare épreuve à *l'état d'eau-forte* (légère tache).

19. La même estampe. Belle et rare épreuve d'un état *non décrit*, *avant* le 1er vers (la tablette ombrée).

20. La même estampe. Très belle épreuve.

21. Le Lever — La Toilette (29 et 48). Deux pl. par Massard et Ponce, se faisant pendants. Belles épreuves, *avec la 1re adresse*.

22. Marchez tout doux, parlez tout bas, par Choffard (30). Superbe épreuve.

23. Marton, par N. Ponce (31). Très belle épreuve.

24. Le Matin — Le Soir (32 et 46). Deux pl. par E. De Ghendt, se faisant pendants. Belles épreuves.

25. Le Modèle honnête, par Moreau le jeune et Simonet (34). Très belle épreuve (petite épidermure).

26. La Nuit, par E. De Ghendt (35). Très belle épreuve, *avant toute lettre* (légères piqûres).

27. Perrette, par H. Guttenberg (36). Belle épreuve, *avant la lettre.*

28. La même estampe. Belle épreuve.

29. Rose et Colas, par Simonet (42). Très belle épreuve.

30. Sa Taille est ravissante, par Le Beau (43). Très belle épreuve.

31. La Sentinelle en défaut, par N. De Launay (44). Très belle épreuve.

32. Les Soins tardifs, par N. De Launay (45). Très belle épreuve.

33. La Soirée des Thuileries, par Simonet (47). Belle épreuve.

BAUDOUIN et SAINT-QUENTIN (d'après)

34. Le Léger vêtement, par Chevillet (28) — La Coquette du Village, par Anselin. Deux pl. se faisant pendants. Très belles épreuves.

BOILLY (d'après L.)

35. Le Bouquet chéri, par Chaponnier. Belle épreuve, *avant la lettre.*

36. La Comparaison des petits Pieds, par A. Chaponnier. Belle épreuve, *avant la lettre.*

37. La Douce résistance, par Tresca. Belle épreuve.

38. L'Optique, par F. Cazenave. Très belle épreuve.

39. Poussez ferme, par Petit. Très belle épreuve, *avant la lettre.*

40. Prélude de Nina, par Chaponnier. Très belle épreuve (piqûres).

41. La même estampe.

42. Qu'elle est gentille, par Bonnefoy. Très belle épreuve, *avant toute lettre.*

BOREL (d'après Ant.)

43. L'Indiscret, par F. Dequevauviller. Très belle épreuve.

44. *Vous avez la clef... — La Faute est faite, permettez qu'il la répare.* Deux pl. par Anselin, se faisant pendants. Très belles épreuves, *avant* la dédicace.

BOUCHER (d'après François)

45. Boucher (F.), par Carmona, d'après Roslin — L'Agréable leçon, par Gaillard. Deux pièces. Belles épreuves.

46. L'Amour enchaîné par les Grâces — L'Hymen et l'Amour. Deux pl. par Beauvarlet, se faisant pendants. Belles épreuves.

47. L'Amour modeste — Le Trait dangereux. Deux pl. par J. B. Michel et Poletnich, se faisant pendants. Très belles épreuves.

48. L'Amour moissonneur — L'Amour nageur — L'Amour oiseleur — L'Amour vendangeur. Suite de 4 pl. par Aveline, Lepicié, Fessard et Sornique. Très belles épreuves.

49. Les Amours pastorales, par Cl. Duflos. Suite de 4 pl. Superbes épreuves.

50. La Belle cuisinière, par P. Aveline. Très belle épreuve.

51. La Belle villageoise, par Soubeyran. Belle épreuve.

52. L'Amour prie Vénus de lui rendre ses armes, par Bonnet. Très belle épreuve, *tirée en 2 tons.*

53. La Bergère prévoyante, par J. Aliamet. Très belle épreuve, *avant* les armes et *avant* la dédicace.

54. La même estampe. Superbe épreuve.

55. La Bouquetière galante, par Tilliard. Superbe épreuve. Très rare.

56. Les Chansons de la Vie champêtre, par J. Daullé. Belle épreuve, *avant divers travaux, avec retouches au crayon.*

57. La même estampe. Très belle épreuve.

58. Les Charmes du Printems — Les Plaisirs de l'Eté — Les Délices de l'Automne — Les Amusements de l'Hiver. Suite de 4 pièces par J. Daullé. Belles épreuves.

59. La Courtisanne amoureuse, par N. de Larmessin. Très belle épreuve.

60. Le Déjeuné, par Lépicié. Très belle épreuve.

61. Le Départ du Courrier, par Beauvarlet. Superbe épreuve, *à l'état d'eau-forte.*

N° 16 du Catalogue

N° 235 du Catalogue.

N° 21 du Catalogue.

N° 22 du Catalogue

L'INNOCENCE EN DANGER

Gravé d'après le Tableau Original de Lawrence par Caquet.

N° 238 du Catalogue.

N° 240 du Catalogue.

62. Le Départ du Courrier — L'Arrivée du Courrier. Deux pièces, par J. F. Beauvarlet, se faisant pendants. Très belles épreuves, *avant toute lettre, signées.*

63. Les mêmes estampes. Très belles épreuves (légère épidermure à une pl.).

64. Les Elements, par J. Daullé. Suite de 4 pl. Superbes épreuves.

65. Femme et Amour, par Bonnet, 1767. Superbe épreuve, tirée sur *papier bleu, avec la planche de blanc.*

66. Le Fleuve Scamandre, par N. de Larmessin. Très belle épreuve.

67. La Fontaine de l'Amour — La Musique. Deux pl. par P. Aveline, se faisant pendants. Belles épreuves.

68. La Jolie Bergère, par Bonnet (n° 22). Superbe épreuve, *tirée en sanguine.*

69. Jupiter et Calisto, par R. Gaillard. Deux belles épreuves (une *avant la lettre*).

70. Jupiter et Léda, par W. Ryland. Trois états différents : eau forte pure — avant toute lettre — avec la lettre. Belles épreuves.

71. Le Magnifique, par N. de Larmessin. Très belle épreuve.

72. La Marchande de Modes, par R. Gaillard. Superbe épreuve.

73. La Marchande d'Œufs — Le Marchand d'Oiseaux — La Souffleuse de savon — La Vendangeuse. Suite de 4 pl. par J. Daullé. Très belles épreuves.

74. Le Messager discret, par R. Gaillard. Très belle épreuve, à *l'état d'eau-forte.*

75. La même estampe. Très belle épreuve.

76. Les Nymphes au bain, par J. Ouvrier. Superbe épreuve, *avant la lettre.*

77. Le Panier mystérieux, par R. Gaillard. Très belle épreuve.

78. Le Pasteur complaisant — Le Pasteur galant. Deux pl. par A. Laurent, se faisant pendants. Belles épreuves, *non terminées.*

79. Les mêmes estampes. Très belles épreuves.

80. La Pêche — La Chasse. Deux pl. par Beauvarlet, se faisant pendants. Superbes épreuves.

81. La Pesche, par J. B. Le Prince. Belle épreuve.

82. *Pensent-ils à ce Mouton?*, par Mme Jourdan. Superbe épreuve, *avant la lettre*.

83. La même estampe. Superbe épreuve.

84. Pensent-ils au Raisin?, par Le Bas. Très belle épreuve.

85. Le Réveil, par P. C. Levesque. Très belle épreuve.

86. Le Repos de Vénus, par Bonnet. Très belle épreuve, *tirée en 2 tons*.

87. Le Sommeil interrompu, par Beauvais. Superbe épreuve à *l'état d'eau-forte*.

88. La même estampe. Très belle épreuve.

89. La Toilette pastorale — Les Confidences pastorales — Erigone vaincue — Retour de chasse de Diane. Suite de 4 pl. par Cl. Duflos. Belles épreuves.

90. Vénus aux Colombes — Jupiter et Danaë. Deux pl. par L. M. Bonnet, se faisant pendants. Très belles épreuves, *impr. à l'imitation du pastel* (petites épidermures à une pl.).

91. Vertumne et Pomone, par A. de Saint-Aubin. Deux belles épreuves (une *avant toute lettre* et *avant quelques travaux*).

92. Les Eléments, par Cl. Duflos. Suite de 4 pl. Très belles épreuves.

93. Les Saisons, par Cl. Duflos. Suite de 4 pl. Très belles épreuves.

BOUCHER et FENOUIL (d'après)

94. Les Heures du Jour, par Petit. Suite de 4 pl. Très belles épreuves.

BOUCHER et PIERRE (d'après)

95. Les Présents du Berger — Les Serments du Berger. Deux pl. par L. Lempereur, se faisant pendants. Belles épreuves.

CANOT (d'après P. C.)

96. Le Gateau des Roys, par J. Ph. Le Bas. Très belle épreuve.

97. Le Maître de Danse, par Le Bas. Superbe épreuve.

98. Le Souhait de la bonne Année au Grand-Papa, par Le Bas. Belle épreuve (tachée).

CAQUET (J. G.)

99. La Soirée du Palais-Royal, d'après Vincent. Très belle épreuve.

CARESME (d'après Ph.)

100. La petite Thérèse, par J. Couché. Très belle épreuve, à *l'état d'eau-forte.*

101. La même estampe. Belle épreuve.

CHARDIN (d'après J. B. S.)

102. Chardin, par Chevillet (9). Belle épreuve.

103. La Blanchisseuse — La Fontaine (E. B.). Deux pl. par C. N. Cochin, se faisant pendants. Belles épreuves (petite tache à la 2e pl.).

104. La Bonne éducation, par Le Bas (7). Très belle épreuve du 1er état, *avant toute lettre* et *avant les armes.*

105. La même estampe. Très belle épreuve.

106. Le Dessinateur — L'Ouvrière en tapisserie (14 et 40). Deux pl. par J. J. Flipart, se faisant pendants. Belles épreuves.

107. L'Instant de la Méditation, par L. Surugue (26). Très belle épreuve.

108. Le Jeu de l'Oye, par Surugue (27). Belle épreuve.

109. La Maîtresse d'Ecole, par Lépicié (34). Belle épreuve, *avec* la date. On y a joint une ancienne réduction, soit deux pièces.

110. La Mère laborieuse, par Lépicié (35). Très belle épreuve.

111. La Pourvoyeuse, par Lépicié (45). Deux très belles épreuves, *d'état différent.*

112. La Serinette, par Cars (47). Belle épreuve.

113. Le Tôton, par Lépicié (50). Très belle épreuve du 1er état.

114. Les Tours de cartes, par P. L. Surugue (51). Belle épreuve.

COYPEL (d'apr. Ch.)

115. *Madᵉ de* (Mouchy) *en habit de Bal*, par L. Surugue. Belle épreuve.

DEBUCOURT (P. L.)

116. Le Juge ou la Cruche Cassée, par le Veau (M. Fenaille 2). Belle épreuve du 1er état, à *l'eau-forte pure*.

117. La même estampe. Très belle épreuve d'un état *non décrit*, intermédiaire entre le 1er et le 2e.

118. La même estampe. Belle épreuve du 2e état, *avant* la dédicace.

119. La Rose mal défendue (27). Belle épreuve.

120. Vent devant — Vent derrière (313-312). Deux pièces se faisant pendants. Très belles épreuves.

DROUAIS (d'après F. H.)

121. Artois (le Comte d') et Mlle Clotilde, enfants, par Beauvarlet. Belle épreuve.

122. Madame la Comtesse du Barry, par Beauvarlet. Très belle épreuve.

123. Les Enfants du Duc de Béthune — Les Enfants du Prince de Turenne. Deux pl. par Melini et Beauvarlet, se faisant pendants. Belles épreuves.

124. Les Bulles de savon — Les Tours de cartes. Deux pl. par Mlle Boizot, se faisant pendants. Très belles épreuves.

EISEN (d'après Ch.)

125. L'Accord de Mariage — Le Bouquet. Deux pl. par R. Gaillard, se faisant pendants. Belles épreuves.

126. Le Berger Imprudent — Le Pasteur Heureux. Deux pl. par R. Gaillard, se faisant pendants (petite restauration à la 1re pl.).

127. Le Bouquet, par R. Gaillard. Superbe épreuve.

N° 250 du Catalogue.

N° 250 du Catalogue

128. Le Bouquet bien reçu, par Gaillard. Très belle épreuve, à *l'état d'eau-forte.*

129. La Comète — Le Tric-trac. Deux pl. par J. Ph. Le Bas, se faisant pendants. Belles épreuves.

130. Le Mouton Favori, par R. Gaillard. Superbe épreuve.

131. La Vertu sous la garde de la Fidélité — Les Désirs satisfaits. Deux pl. par Le Beau et Patas, se faisant pendants. Très belles épreuves, *avant la lettre.*

EISEN (d'après F.)

132. L'Amour en Ribote — Les Dragons de Vénus. Deux pl. par Halbou, se faisant pendants. Très belles épreuves.

133. Amusement de la Jeunesse, par Carmona. Superbe épreuve, *avant toute lettre.*

134. La même estampe. Superbe épreuve.

135. Amusement de la Jeunesse. Deux pl. par Carmona et Dupuis, se faisant pendants. Belles épreuves.

136. L'Attente du moment — Le Plaisir malin. Deux pl. par Halbou, se faisant pendants. Très belles épreuves.

137. Déguisements enfantins, par N. Dupuis. Belle épreuve, *avant toute lettre.*

138. Déguisements enfantins — La Malice enfantine. Deux pl. par N. Dupuis, se faisant pendants. Belles épreuves.

139. La Marchande de chansons, par P. L. Cor. Très belle épreuve.

FRAGONARD (Honoré)

140. L'Armoire (P. de B. 2). Belle épreuve, *avant* l'adresse.

141. Bacchantes (6-9). Suite de 4 pl. Belles épreuves.

142. Le Petit Parc (4). Très belle épreuve. Rare.

FRAGONARD (d'après H.)

143. Les Baignets, par N. De Launay. Très belle épreuve.

144. Le Baiser à la dérobée, par N. F. Regnault. Très belle épreuve.

145. Les Baisers. Deux pl. par Marchand, se faisant pendants. Belles épreuves.

146. Les mêmes estampes. Très belles épreuves.

147. La Bascule — Le Colin-Maillard. Deux pl. par Beauvarlet, se faisant pendants. Très belles épreuves.

148. La Chemise enlevée, par E. Guersant. Belle épreuve (très légère restauration et épidermure).

149. Le Chiffre d'Amour, par N. De Launay. Superbe épreuve.

150. Le Colin-Maillard, par Beauvarlet. Superbe épreuve. *avant toute lettre.*

151. Le Contrat, par Blot. Belle épreuve, *avec le titre* seulement et les noms des artistes à la pointe (plis).

152. La Coquette fixée, par Couché et Dambrun. Belle épreuve (légères taches).

153. Dites donc s'il vous plaît, par N. De Launay. Belle épreuve, *avant la lettre* et *avant* les armes (petite restauration dans les marges).

154. L'Education fait tout, par N. De Launay. Belle épreuve.

155. La Famille du Fermier, par Beauvarlet. Superbe épreuve, *avant toute lettre.*

156. La Fuite a dessein, par Macret et Couché. Très belle épreuve, *avant la lettre.*

157. La même estampe. Superbe épreuve, *imprimée en couleurs.*

158. L'Heureuse fécondité, par N. De Launay. Deux très belles épreuves (une à *l'état d'eau-forte, avant* l'encadrement).

159. L'Inspiration Favorable, par L. M. Halbou. Belle épreuve.

160. Les Jeunes Sœurs, par Vidal. Très belle épreuve. Rare.

161. Ma Chemise brûle, par A. Le Grand. Superbe épreuve à toutes marges (piqûres).

162. Les Pétards — Les Jets d'eau. Deux pièces par Auvray, se faisant pendants. Très belles épreuves.

163. Le Petit Prédicateur — L'Education fait tout. Deux pl. par N. De Launay, se faisant pendants. Très belles épreuves, *avant la dédicace.*

164. Le Pot au lait, par N. Ponce. Belle épreuve, *avant toute lettre.*

165. La même estampe. Belle épreuve.

166. Le Songe d'Amour, par N. F. Regnault. Belle épreuve à *la lettre grise* (petite cassure, doublée).

167. Le Verrou, par M. Blot. Très belle épreuve.

FREUDEBERG (d'après S.)

168. La Complaisance maternelle, par N. De Launay. Belle et très rare épreuve à *l'état d'eau-forte.*

169. La même estampe. Belle épreuve, *avant la dédicace.*

170. La Félicité villageoise, par J. L. Delignon. Belle épreuve.

171. L'Heureuse union, par Bosse. Superbe épreuve, *avec* l'encadrement.

172. Le Petit Jour, par N. De Launay. Belle épreuve (petite restauration).

173. Le Présent du Fermier — Le Bouquet de la Fermière. Deux pl. par Le Beau et J. Feigl, se faisant pendants. Belles épreuves.

174. La Promenade du Matin, par Lingée. Belle épreuve, *avant le n°.*

175. La Promenade du Soir, par Ingouf le jeune. Belle épreuve, *avant le n°.*

GÉRARD (Mlle Marguerite)

176. L'Enfant et le Bouledogue (P. de B. 2). Belle épreuve. Rare.

177. Mosieur Fanfan, 1re planche (3). Très belle épreuve. Très rare.

178. Mosieu Fanfan, 2e planche (4). Belle épreuve. Rare.

N° 180 du Catalogue

Nº 280 du Catalogue.

N° 280 du Catalogue.

N° 187 du Catalogue.

GREUZE (d'après J. B.)

179. La Bonne Education — La Paix du Ménage. Deux pl. par Moreau le jeune et Ingouf. Belles épreuves, *avant toute lettre*.

180. La Cruche cassée, par J. Massard. Très belle épreuve, *signée* au verso.

181. L'Ecureuse — La Servante congédiée. Deux pl. par Beauvarlet et Voyez, se faisant pendants. Superbes épreuves.

182. Le Malheur imprévu, par R. De Launay. Deux très belles épreuves (une à *l'état d'eau-forte*).

183. La Marchande de Marrons — La Marchande de Pommes cuites. Deux pl. par Beauvarlet, se faisant pendants. Superbes épreuves.

184. L'Offrande à l'Amour, par Macret. Deux très belles épreuves, une *avant la lettre*.

185. La Paresseuse, par P. E. Moitte. Deux très belles épreuves, une *avant la lettre*.

186. La Pelotonneuse, par J. J. Flipart. Très belle épreuve.

187. La petite Fille au chien, par Porporati. Très belle épreuve, *avec* l'adresse de la rue *Thibautodé*.

188. La Philosophie endormie (Mme Greuze), par Moreau le jeune et Aliamet. Belle épreuve.

189. Les Premières leçons de l'Amour. Belle épreuve, *avant toute lettre*.

190. La Savonneuse, par I. Danzel. Belle épreuve.

191. Le Silence — L'Enfant gâté. Deux pl. par Maleuvre et L. Cars, se faisant pendants. Belles épreuves.

192. La Tricoteuse endormie, par C. D. Jardinier. Belle épreuve, *avant la lettre*.

193. La même estampe. Belle épreuve.

194. La Vertu chancelante, par J. Massard. Belle épreuve.

195. La Voluptueuse, par R. Gaillard. Très belle épreuve.

HUET (d'après J. B.)

196. La Feinte résistance — Le Serpent sous les fleurs. Deux pl. par Patas et Godefroy, se faisant pendants. Belles épreuves.

JEAURAT (d'après Etienne)

197. L'Accouchée — La Relevée. Deux pl. par Lépicié, se faisant pendants. Très belles épreuves.

198. Le Berger constant, par N. Dufour. Très belle épreuve.

199. Les Citrons de Javotte, par C. Le Vasseur. Très belle épreuve.

200. La Coeffeuse — La Couturière. Deux pl. par Sornique et Baléchou, se faisant pendants. Bonnes épreuves.

201. L'Exemple des Mères, par Lucas. Très belle épreuve.

202. Le Mari Jaloux, par Baléchou. Deux épreuves, une *avant toute lettre, avec* essais de pointe en marge.

LALLIÉ (d'après Et.)

203. Le Messager fidèle, par L. M. Halbou. Très belle épreuve.

LAMBERT (d'après)

204. L'Age agréable — Le Larcin toléré. Deux pl. par J. C. Le Vasseur, se faisant pendants. Très belles épreuves.

LANCRET (d'après N.)

205. Les Agréments de la Campagne, par Joullain (3). Belle épreuve du 1er état, à *l'eau-forte pure.*

206. Les Agréments de la Campagne — Le Concert Pastoral (3 et 10). Deux pl. par F. Joullain, se faisant pendants. Très belles épreuves.

207. Les Ages, par N. de Larmessin (1, 28, 45 et 86). Suite de 4 pl. Très belles épreuves (pli à une pl.).

208. Les Eléments, par N. Tardieu, Cochin, Desplaces et B. Audran. Suite de 4 pl. (4, 27, 34 et 75). Superbes épreuves.

209. Les Amours du Bocage, par N. de Larmessin (8). Très belle épreuve.

N° 225 du Catalogue.

N° 228 du Catalogue.

210. Les Heures du Jour, par N. de Larmessin (10, 49, 50 et 74). Suite de 4 pl. Très belles épreuves.

211. Les Saisons, par N. de Larmessin (12, 30, 39 et 63). Suite de 4 pl. Très belles épreuves *avec la 1re adresse*.

212. Les Saisons, par Tardieu, Audran, Scotin et Le Bas (13, 31, 40 et 64). Suite de 4 pl. Superbes épreuves.

213. Les Charmes de la Conversation — L'Occasion fortunée (18 et 54). Deux pl. par Petit et Scotin, se faisant pendants. Belles épreuves.

214. D'un Baiser que Tirsis... — Que le Cœur d'un amant est sujet à changer (26 et 66). Deux pièces par Suzanne Silvestre, se faisant pendants. Superbes épreuves.

215. Le Jeu de cache-cache mitoulas, par N. de Larmessin (41). Très belle épreuve *avec* la 1re adresse.

216. Le Jeu de Colin-Maillard, par C. N. Cochin (42). Belle épreuve du 1er état, à *l'eau-forte pure*, (quelques piqûres et mouillures).

217. Le Jeu des Quatre coins, par N. de Larmessin (44). Très belle épreuve.

218. Le Maître galant, par Le Bas (48). Superbe épreuve, *avant* l'adresse de Petit.

219. Récréation Champêtre, par F. Joullain (68). Très belle épreuve.

220. Repas italien, par J. Ph. Le Bas (70). Très belle épreuve.

221. Mlle Sallé, par N. de Larmessin (71). Très belle épreuve (petite épidermure).

LAVREINCE (d'après Nicolas)

222. L'Accident imprévu, par Darcis (E. B. 1). Belle épreuve du 1er état, *avant la lettre*, tirée en bistre (petite cassure et épidermure).

223. L'Accident imprévu — La Sentinelle en défaut (E. B. 1 et 58). Deux pl. par Darcis, se faisant pendants. Belles épreuves, *avec* la 1re adresse et la faute dans l'adresse à l'*Accident imprévu*.

224. Les Apprêts du Ballet, par S. Tresca (4). Très belle épreuve.

225. L'Assemblée au Concert — L'Assemblée au Salon (5-6). Deux pièces par F. Dequevauviller, se faisant pendants. Très belles épreuves.

226. Le Billet doux, par N. De Launay (10). Belle épreuve.

227. Le Concert agréable, par C. N. Varin (13). Belle épreuve, *avant la lettre* (petites restaurations).

228. La Consolation de l'absence, par N. De Launay (14). Superbe épreuve.

229. Le Coucher des Ouvrières en Modes — Le Lever des Ouvrières en Modes (16 et 36). Deux pièces par F. Dequevauviller, se faisant pendants. Très belles épreuves, *avant les mots : Gravé d'après...*, etc.

230. Les mêmes estampes.

231. Le Déjeuner anglais — La Leçon interrompue. Deux pl., par Vidal, se faisant pendants (17 et 35). Belles épreuves (petites épidermures).

232. Les mêmes sujets, variantes gravées en contrepartie, *non décrites*, par E. Bocher. Très belles épreuves, *tirées en bistre*.

233. Le Directeur des Toilettes, par Voyez l'aîné (21). Belle épreuve (très légère restauration dans l'encadrement).

234. Ecole de Danse, par Dequevauviller (22). Bonne épreuve du 1er état (grattage en marge).

235. L'Heureux Moment, par N. De Launay (28). Très belle et très rare épreuve du 1er état, *à l'eau-forte pure*.

236. La même estampe. Très belle épreuve, *avant la dédicace* (petite restauration dans la tablette).

237. La même estampe. Très belle épreuve du 6e état (sur 7).

238. L'Innocence en danger, par Caquet (31). Superbe épreuve.

239. La même estampe. Belle épreuve.

240. La Marchande à la Toilette, par Vidal (37). Très belle épreuve.

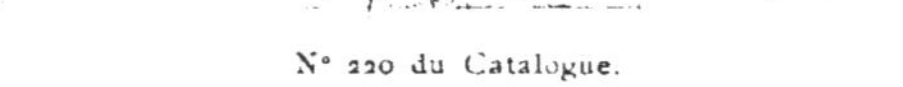

N° 220 du Catalogue.

N° 303 du Catalogue.

N° 210 du Catalogue.

N° 314 du Catalogue.

241. Le Mercure de France, par Guttenberg (38). Très belle épreuve *avec* la 1re adresse.

242. Les Offres séduisantes, par Delignon (43). Superbe épreuve.

243. La Partie de Musique, par V. Langlois (46). Très belle épreuve.

244. Le Restaurant, par Deny (53). Superbe épreuve.

245. Le Roman dangereux, par Helman (56). Très belle épreuve.

246. Les Sabots, par Masquelier et Couché (57). Belle épreuve à *l'état d'eau-forte pure.*

247. La même estampe. Très belle épreuve, *avant* l'adresse de Tessari.

248. La Soubrette confidente, par Vidal (61). Belle épreuve (petite restauration).

249. Le Joli Chien (4 A de l'app.). Très belle épreuve. Rare.

LAVREINCE et TRINQUESSE (d'après)

250. Le Retour trop précipité — L'Irrésolution ou la Confidence. Deux pl. par J. A. Pierron (54). Superbes épreuves du *1er tirage*

LE BEL (d'après)

251. Le Coup de Vent, par A. Girardet. Belle et rare épreuve *non terminée, avant* l'encadrement.

252. La même estampe. Superbe épreuve, *avant la lettre*, toutes marges.

LE BRUN (d'après L.)

253. Le Charme de la Liberté ou l'Amour vainqus (sic) — La Liberté perdue ou l'Amour couronné — L'Heureux Ménage ou les Epoux vertueux — L'Epouse mal gardée ou le Mariage à la Mode. Suite de 4 pl. par Dambrun et Martini. Très belles épreuves.

LE PEINTRE (d'après Ch.)

254. La Cage symbolique, par M. Fessard. Très belle épreuve *avant* les mots : *Peint par...* etc.

255. La même estampe. Superbe épreuve, toutes marges.

LÉPICIÉ (d'après N. B.)

256. Ménage de Bonnes Gens, par De Longueil. Belle épreuve, *avant la dédicace*.

LE PRINCE (d'après J. B.)

257. L'Amour du Travail — L'Amour des Fleurs. Deux pl. par Chevillet, se faisant pendants. Très belles épreuves.

258. L'Enfant chéri — Le Bonheur du ménage. Deux pl. par N. De Launay, se faisant pendants. Très belles épreuves, *avant la dédicace*.

LEROY (d'après)

259. Coucou, par Beljambe. Très belle épreuve.

MALLET (d'après J. B.)

260. Julie ou le Premier Baiser de l'Amour, par Copia. Belle épreuve *à la lettre grise* (petite épidermure).

MOITTE (d'après)

261. La Surprise agréable, par G. Vidal. Belle épreuve, à *l'état d'eau-forte* (petite cassure).

262. La même estampe. Très belle épreuve, *avant toute lettre*, toute marge.

MOUCHET (d'après F.)

263. La Méprise, par Macret et Anselin. Belle épreuve.

NATTIER (d'après J. M.)

264. La Belle Source (Mme de Pompadour), par Melini. Belle épreuve.

265. Flore à son lever (Mme du Bocage), par Maleuvre. Belle épreuve.

266. Madame de *** en Flore, par Voyez le jeune. Belle épreuve.

267. La Nuit passe, l'Aurore parait (D^sse^ de Chateauroux), par Malœuvre. Belle épreuve (petite cassure).

PATER (d'après J. B.)

268. Mlle D'Angeville la jeune, par Le Bas. Belle épreuve.

269. L'Amour et le Badinage — Les Amants heureux. Deux pl. par Fillœul, se faisant pendants. Superbes épreuves.

270. Les mêmes estampes. Très belles épreuves.

271. Le Baiser donné — Le Baiser rendu. Deux pl. par Fillœul, se faisant pendants. Superbes épreuves.

272. Le Désir de plaire, par Surugue. Belle épreuve à *l'état d'eau-forte*.

273. La même estampe. Belle épreuve.

274. Le Désir de plaire — Le Plaisir de l'Eté. Deux pl. par L. Surugue, se faisant pendants. Belles épreuves.

275. Les Plaisirs de la Jeunesse : Colin-Maillard — Le Concert Amoureux — La Conversation intéressante — La Danse. Suite de 4 pl. par Fillœul. Très belles épreuves.

PETERS (d'après)

276. La Petite Marchande de Carpes, par Le Vasseur. Très belle épreuve.

PICART (Bernard)

277. Concert dans un Parc. Très belle épreuve.

QUEVERDO (d'après F. M.)

278. La Jouissance — Le Repos. Deux pl. par Martini et Dambrun, se faisant pendants. Très belles épreuves.

RAMBERG (d'après J. H.)

279. *The Exhibition of the Royal Academy, 1787 — Portraits of their Majesty's and the Royal Family... Exhibition of the Royal Academy, 1788.* Deux pl. par P. A. Martini, se faisant pendants. Très belles épreuves. (On y a joint la pl. explicative de la 2e pièce).

SAINT-AUBIN (Aug. de)

280. Baronne de *** (Louise Emilie) — Marquise de *** (Adrienne Sophie) (E. B. 7 et 173). Deux pièces se faisant pendants. Très belles épreuves, *avant* la 1re adresse (épidermure à une pl.).

SAINT-AUBIN (d'après Gabriel de)

281. Ballet dansé au Théâtre de l'Opéra dans le Carnaval du Parnasse — La Guinguette, divertissement pantomime du Théâtre Italien. Deux pièces par F. Basan, se faisant pendants. Superbes épreuves.

SAINT-QUENTIN (d'après)

282. La Coquette du village, par Anselin. Superbe épreuve, *avant la lettre*.

SCHALL (d'après F.)

283. Le Modèle disposé, par A. Chaponnier. Belle épreuve, *avant la lettre* (petite épidermure).

284. Le Panier renversé, par E. Beisson. Très belle épreuve.

285. La Saison des Amours, par A. Le Grand. Belle épreuve, *avant toute lettre*.

SCHENAU (d'après J. E.)

286. La Bonne amitié (?), par Chevillet, 1769. Très belle épreuve, *avant la lettre*.

SCHMIDT (G. F.)

287. Mignard (Pierre), d'apr. H. Rigaud. Belle épreuve.

TRINQUESSE (d'après)

288. L'Irrésolution ou la Confidence, par Pierron. Belle épreuve.

TROY (d'après F. de)

289. *Fuyez, Iris... ce séjour est à craindre...*, par C. N. Cochin. Belle épreuve.

290. Toilette pour le Bal — Retour du Bal. Deux pl. par Beauvarlet, se faisant pendants. Superbes épreuves, du *1er tirage*.

N° 345 du Catalogue.

LE DENICHEUR DE MOINEAUX

N° 340 du Catalogue.

VANGORP (d'après)

291. C'est Papa !, par R. et N. De Launay. Belle épreuve, *avant* les mots : *Gravé...* etc.

292. La même estampe. Très belle épreuve.

293. La Lecture — Le Dessin ? Deux pl. par J. Eymar, 1795, se faisant pendants. Belles épreuves, *avant la lettre* (petites taches).

VANLOO (d'après Carle)

294. La Belle Jardinière (Mme de Pompadour), par Anselin. Superbe épreuve.

WATTEAU (d'après Antoine)

295. Watteau et son ami J. de Julienne, par Tardieu — Watteau, par F. Boucher. Deux pièces (14). Très belles épreuves.

296. Camp volant — Retour de campagne (52-53). Deux pl. par N. Cochin, se faisant pendants. Très belles épreuves.

297. Escorte d'équipages, par L. Cars (56). Deux belles épreuves (une à *l'état d'eau-forte*).

298. Alte — Défilé (57-58). Deux pl. par J. Moyreau, se faisant pendants. Très belles épreuves.

299. Comédiens François — Comédiens Italiens (64-68). Deux pl. par Liotard et Barron, se faisant pendants. Très belles épreuves.

300. L'Amour au Théâtre François (65) — L'Amour au Théâtre Italien (69). Deux pl. par C. N. Cochin, se faisant pendants. Belles épreuves.

301. La Finette, par B. Audran (83). Très belle épreuve.

302. Mezetin, par B. Audran (86). Très belle épreuve.

303. L'Enseigne, par P. Aveline (95). Très belle épreuve.

304. L'Accord parfait, par B. Baron (97). Superbe épreuve.

305. Les Agrémens de l'Esté, par J. de Favannes (99). Belle épreuve.

306. Les Agréments de l'Été, par Joullain (100). Superbe épreuve.

307. L'Amour paisible, par Baron (102). Superbe épreuve.

308. L'Amour paisible, par J. de Favannes (103). Très belle épreuve.

309. Amusements champêtres, par B. Audran (104). Superbe épreuve.

310. Assemblée galante, par Lebas (108). Très belle épreuve.

311. L'Aventurière, par B. Audran (109). Belle épreuve.

312. Le Bain rustique, par A. Cardon (110). Belle épreuve.

313 Le Concert champêtre, par B. Audran (112). Superbe épreuve, *avant les mots:* du Cabinet... etc.

314. Le Bosquet de Bacchus, par C. N. Cochin (113). Très belle épreuve.

315. La Cascade, par G. Scotin (115). Belle épreuve.

316. La Colation, par J. Moyreau (118). Très belle épreuve.

317. La Contredanse, par Brion (122). Belle épreuve.

318. Les deux Cousines, par Baron (124). Très belle épreuve (petite tache).

319. La Danse paysane, par B. Audran (125). Très belle épreuve.

320. L'Embarquement pour Cythère, par Tardieu (128). Belle épreuve (légères restaurations et épidermures).

321. L'Enchanteur, par B. Audran (130). Très belle épreuve.

322. La Famille, par P. Aveline (134). Superbe épreuve.

323. Fêtes Vénitiennes, par L. Cars (135). Très belle épreuve.

324. La Game d'Amour, par Le Bas (136). Très belle épreuve.

325. Harlequin jaloux, par Chedel (137). Très belle épreuve.

326. L'Ile enchantée, par Le Bas (139). Très belle épreuve.

327. L'Ile de Cythère, par N. de Larmessin (140). Très belle épreuve.

328. Les Jaloux, par G. Scotin (142). Superbe épreuve.

329. La Lorgneuse, par G. Scotin (147). Très belle épreuve.

330. La Musette, par Moyreau (149). Superbe épreuve.

331. Le Passe temps, par B. Audran (151). Très belle épreuve.

332. La Perspective, par Crépy (152). Superbe épreuve, *avec la faute.*

333. Le Plaisir pastoral, par N. Tardieu (154). Superbe épreuve, *avec la faute.*

334. Récréation Italienne, par Aveline (160). Belle épreuve.

335. Rendez-vous de Chasse, par M. Aubert (164). Superbe épreuve.

336. La Sérénade Italienne, par G. Scotin (165). Superbe épreuve.

337. La Surprise, par B. Audran (167). Superbe épreuve.

338. Sous un habit de Mezetin, par Thomassin fils (178). Superbe épreuve.

339. Les Saisons, suite de 4 pl. par Brillon, Moyreau, Audran et N. de Larmessin (180-183). Suite de 4 pl. Superbes épreuves.

340. Feste bachique — Partie de Chasse — Le May (199-201-202), 3 pl. (d'une suite de 4), par Moyreau, Scotin et Aveline. Belles épreuves.

341. Le Berceau — Le Théâtre (250-251). Deux pl. (d'une suite de 4), par Huquier. Très belles épreuves.

342. L'Air, par Huquier (253). Très belle épreuve.

343. Les Saisons, par F. Boucher (257-260). Suite de 4 pl. Belles épreuves.

344. La Voltigeuse, par Huquier (268). Belle épreuve (petites cassures).

345. Danse autour d'un Mai (269). Très belle épreuve. Rare.

346. Le Dénicheur de Moineaux, par F. Boucher (270). Très belle épreuve.

347. L'Escarpolette, par L. Crepy fils (273). Belle épreuve.

348. Le Galant, par B. Audran (276). Belle épreuve.

349. Les Enfants de Momus — La Cause badine (290-291). Deux pl. par J. Moyreau, se faisant pendants. Très belles épreuves.

350. Paravent de six Feuilles (309-314). Suite de 6 pl. par Crepy fils. Très belles épreuves.

WILLE Fils (d'après P. A.)

351. Le Maître d'Ecole?, par F. R. Ingouf. Belle épreuve, *avant la lettre*.

FRAZIER-SOYE

Graveur-Imprimeur

153-155-157, Rue Montmartre

PARIS

www.ingramcontent.com/pod-product-compliance
Ingram Content Group UK Ltd.
Pitfield, Milton Keynes, MK11 3LW, UK
UKHW021035180726
13838UKWH00004B/1805